SATIRE

SUR

LE DIX-NEUVIÈME SIÈCLE.

SATIRE

SUR

LE DIX-NEUVIÈME SIÈCLE.

PAR E. BIGELOT.

A PARIS,

CHEZ PILLET, IMPRIMEUR-LIBRAIRE,

ÉDITEUR DE LA COLL. DES MŒURS FRANÇAISES,

RUE CHRISTINE, Nº 5.

—

1817.

SATIRE

SUR

LE DIX-NEUVIÈME SIÈCLE.*

~~~~~~~~~~~~~~~~~~~~~~~~~~~~~~

DIALOGUE

ENTRE UN HOMME DU MONDE ET L'AUTEUR.

————

L'HOMME DU MONDE.

QUOI ! vous écouteriez cet aveugle délire !
Quoi ! vous pourriez songer à faire une satire
Dans un siècle où l'on voit régner l'urbanité ?
Ma foi, vous êtes fou, mon cher, en vérité.
Il est vrai que jadis, impunément caustique,
Boileau vit applaudir à son âpre critique :
Alors on craignait peu d'offenser les rimeurs ;
Mais les tems sont changés aussi bien que les mœurs.

* L'Auteur indique dans ce premier morceau comment il se propose d'écrire la satire, et combat les objections qu'on pourrait lui faire.

Ils ne sont plus ces jours où, vivant de fumée,
Le corps sec, le teint blême et la mine affamée,
Phébus aux crins dorés et son sacré troupeau
Durant les plus grands froids n'avaient pas un manteau (1).
Des auteurs aujourd'hui la joyeuse cohorte
Ne va point mendier son pain de porte en porte ;
Ils sont tous bien nourris, bien vêtus, bien rentés,
Et Paris ne voit plus de poètes crotés.
Oser contre Damis faire une raillerie,
Ce serait ameuter toute sa coterie,
Ce serait attaquer Paul, Aigremont, Florval :
L'un connaît le commis du bureau d'un journal ;
L'autre sait ferrailler ; l'autre, méchant copiste,
Irait vous dénoncer comme un bonapartiste.
En vain vous auriez fait l'ouvrage le plus beau :
On vous déchirerait, fussiez-vous un Boileau.
Eh ! mon cher, si lui-même il venait à renaître,
Croyez qu'on apprendrait à vivre à ce grand maître,
Et que maint journaliste, armé d'un feuilleton,
Du régent du Parnasse abaisserait le ton.
Et vous qui, jeune encore, ignorez l'art d'écrire,
Des beaux-esprits du tems vous oseriez médire !
Allez, avant deux jours un article sanglant
Aura vengé Paris de cet œuvre insolent.

L'AUTEUR.

Eh ! mon ami, vous-même apaisez votre bile.
Qui vous dit que je veuille, en ma verve indocile,
Singeant mal-à-propos ou Gilbert ou Chénier,
Régenter l'Hélicon du haut de mon grenier ?
Non, parbleu ! je n'ai point un tel excès d'audace,
Et je laisse à Schlegel le sceptre du Parnasse (2).

Je suis son serviteur : il peut, comme il lui plaît,
Au-dessus du Tartufe élever Jodelet.
Qu'il porte le flambeau de sa docte critique
Sur le genre classique et sur le *romantique ;*
Ou, jugeant sans appel nos modernes écrits,
Préfère aux Templiers le chien de Montargis;
Je ne soufflerai mot; et ma muse gauloise
Même envers les Germains se montrera courtoise.
Je sais comme on accueille aujourd'hui les censeurs;
D'ailleurs si je voulais critiquer les auteurs,
Sans doute il me faudrait commencer par les lire.
Or, il est tant de gens qui se mêlent d'écrire !
Puis-je tout dévorer : odes, romans, couplets,
Poëmes, opéras, fables, journaux, pamphlets?
Et me faire étouffer sur le seuil d'un théâtre,
Pour chaque œuvre nouveau que la foule idolâtre ?
Eh quoi ! faut-il quitter Mars, Fleury, Demerson,
Pour voir défigurer Molière à l'Odéon (3),
Et bâiller amplement à la métamorphose
Ou de sa prose en vers, ou de ses vers en prose?
Faut-il, de l'Odéon courant au boulevart,
Qu'à bord de son vaisseau j'aille attaquer Jean-Bart ? *
En un pareil combat qu'un plus hardi s'engage !
Ma muse se refuse à tenter l'abordage.

L'HOMME DU MONDE.

Fort bien : de vous frotter à nos faiseurs d'esprit,
Je vois que vous sentez les dangers : tout est dit ;

---

* Dans le mélodrame de ce nom, la scène se passe sur un vaisseau en pleine mer.

SATIRE

Mais qu'allez-vous donc faire ? Auriez-vous l'imprudence
D'offenser un fripon qu'anoblit l'opulence ?
Ou de railler des gens qui , sans autre raison,
Pourraient vous envoyer rimer à Charenton ?
Se peut-il qu'un poète , en effet, se hasarde
A voir claquemurer sa muse ?

L'AUTEUR.

Dieu m'en garde !
Je sais qu'il vaut mieux être ignoré, mais heureux ,
Que de vivre reclus avec un nom fameux.

L'HOMME DU MONDE.

S'il est ainsi , mon cher , votre rare prudence
N'ira point s'attaquer aux souverains , je pense ;
Et lorsque vous tremblez au seul nom d'un bourgeois ,
Vous craindrez d'irriter les princes et les rois.

L'AUTEUR.

A coup sûr , j'ai pour eux l'estime la plus haute ;
D'ailleurs s'ils s'avisaient de commettre une faute ,
Eh bien ! vous le savez , nous avons dans Paris
De ces profonds penseurs , infaillibles esprits ,
Qui vous disent soudain ce qu'un prince doit faire ,
Dirigent ses soldats , nomment son ministère ,
Et qui même , au besoin , pourraient obligeamment
Se charger du fardeau de son gouvernement.
Leur science en effet est , dit-on , très-subtile.....
Pour moi, je les ai lus sans être plus habile.

L'HOMME DU MONDE.

Ainsi, vous écrirez la satire, et pourtant
Vous vous interdirez le moindre mot piquant ;
Et sans malice enfin vous prétendez médire :
La méthode est nouvelle, et vraiment je l'admire !
J'aurais eu, j'en conviens, grand tort de vous blâmer.
On peut médire ainsi sans se faire assommer !

L'AUTEUR.

Moi, j'admire à mon tour votre style ironique ;
Mais du moins sans railler, souffrez que je m'explique.

La satire, on le sait, peut fronder dans ses vers
Les méchans écrivains ou les hommes pervers.

J'ai promis, je suis loin de vouloir m'en dédire,
De laisser à chacun la liberté d'écrire.
Ainsi, c'est résolu : dans son obscurité
Un sot peut être sot avec sécurité.

Par un motif plus noble armé de la satire,
Ce n'est que des méchans que je prétends médire.
Pourtant, je l'avoûrai, mon Apollon prudent
N'ira point vous rimer un libelle impudent.
Je sais qu'Aristophane à la haine publique
Osait vouer les noms des faquins de l'Attique ;
Que, du faible opprimé revendiquant les droits,
Sa muse suppléait au silence des lois ;
Mais de citer les noms l'aimable comédie
Parmi nous a perdu la coutume hardie,

Et, sans fiel, sans aigreur, reprenant les excès,
Corrige quelquefois, mais n'offense jamais.
La satire, à son tour, plus douce, plus polie,
Doit imiter enfin l'exemple de Thalie.
Que dis-je? dès long-tems par un illustre auteur
Elle a vu réprimer son style accusateur.
Si, dans un libre accès de son humeur maligne,
Boileau cita Rolet comme un fripon insigne,
Avec l'âge il s'abstint d'un discours offensant.
Il sut être civil sans être moins plaisant;
Et lorsqu'il nous donna la Satire des Femmes,
Du moins, sans les nommer, il dénigra ces dames;
Il n'eut un cœur d'airain que pour les sots rimeurs.
Gilbert, qui le suivit, sur messieurs les auteurs,
Comme lui, décocha des traits pleins de malice;
Mais lorsque de son siècle il crayonna l'esquisse,
Cet illustre censeur, Juvénal des Français,
Nous offrit des tableaux, et non pas des portraits.
Ma muse rendra donc les méchans méprisables,
Sans présenter jamais des traits reconnaissables.
Leurs personnes, leurs noms, ne seront point flétris :
En un mot, je saurai toujours dans mes écrits,
De Thalie empruntant l'innocente malice,
Respecter la personne en attaquant le vice.
C'est ainsi qu'un hermite,* auteur ingénieux,
Nous plaît en retraçant nos défauts à nos yeux ;
C'est ainsi qu'écrivaient Théophraste, Molière,
De La Rochefoucault, Pascal et La Bruyère;
C'est ainsi que Voltaire, aiguisant un bon mot.....
A propos ! Cléon dit que Voltaire est un sot.

* L'Hermite de la Chaussée-d'Antin, aujourd'hui l'Hermite de la Guiane.

L'HOMME DU MONDE.

Mais , mon cher , c'est en vain qu'un critique sévère
Voudrait saisir les traits de chaque caractère ;
Et le brillant vernis de la société
Donne à tous la couleur de l'uniformité.

L'AUTEUR.

Vous le jugez ainsi , vous qui de la naissance
Tenez un rang illustre , une fortune immense ,
Qui , chaque jour , n'avez l'esprit préoccupé
Que du soin de donner une fête , un soupé ;
Vous enfin qui jamais ne voyez vos semblables
Qu'en des sociétés brillantes , agréables.
Chacun paraît avoir même esprit à vos yeux ;
Chacun est près de vous , flatteur, officieux,
Et prend , dès qu'il vous voit, un air humble et servile:
C'est croyable ; à chacun vous pouvez être utile !
Mais enfin descendez de ce rang glorieux
Où vous ont élevé vos illustres aïeux ;
Quittez ce vaste hôtel , ce train, ces équipages ;
N'ayez que du mérite ; et de vingt personnages
Pour qui vous n'êtes rien , et qui sont tout pour vous ,
Allez à votre tour essuyer les dégouts.
Priez cet avoué de hâter vos affaires.
Poursuivez un emploi ; courez les ministères.
Dites à ce laquais , subalterne important,
Qu'il vous laisse approcher son maître un seul instant.
Dans le salon d'un sot, en bonne compagnie ,
Essayez de placer quelque aimable saillie ;
Ou, si quelque démon vous fait rimer jamais ,
Osez tourner des vers qui ne soient pas mauvais !

Exempt pour cette fois d'espérance et de crainte,
Chacun de ces messieurs vous parlera sans feinte.
Les fats et les méchans seront méchans et fats,
Et vous verrez que tous ne se ressemblent pas.

Voulez-vous de nos sots juger le ridicule:
Voyez le jeune Urbin, philosophe crédule,
Qui doute que Moïse ait pu prophétiser,
Mais qui croit en Mesmer et va magnétiser;
Ces petits damoiseaux, freluquets littéraires,
Qui s'en vont gazouillant leurs œuvres éphémères,
Des nouvelles du jour ces ennuyeux conteurs,
Ces graves baladins, et ces jolis docteurs;
La coquette Elisa, qui babille, babille,
Retient en pension sa trop aimable fille,
Grasseye, a des vapeurs et des amans par ton,
Et fait vendre un hôtel pour payer un chiffon;
Ces modestes beautés pour qui, sur les affiches,
On cherche des maris jeunes, bien faits et riches;
Ce Narcisse édenté, vétéran de Cypris,
Qui bonnement se croit la terreur des maris;
Ces bouffons sans gaîté, ces fades parasites,
Ces éternels faiseurs d'éternelles visites;
Cet illustre gourmet qui vit pour bien dîner;
Et ce riche usurier qui, pouvant se donner
Un superbe équipage et trois laquais derrière,
Se traîne à pied, bravant la pluie ou la poussière;
Lorsque, léger d'argent, le jeune Edmon se plaît
A galoper sa vie en un cabriolet!

Mais un vice sur-tout, dans ce siècle perfide,
Exerce impunément son empire homicide.

L'égoïsme est son nom ; de son souffle empesté
L'écrivain, l'artisan, le noble est infecté.

Qu'importe à Dorimon, cet auteur plein d'emphase,
Qu'il nuise à son pays s'il tourne bien sa phrase ?
Roch veut-il être juge ? il s'en va dénoncer
L'honnête magistrat qu'il prétend remplacer.
Mondor, on le sait bien, pourrait payer ses dettes,
Mais alors il n'aurait au plus, dépenses faites,
Que cent vingt mille écus ! ... Il donne son bilan.
Sa terre est sous le nom de son ami Derlan.
Il y passe six mois dans une paix profonde,
Revient, est accueilli, fait fracas dans le monde,
Et du haut de son char, heureux banqueroutier,
Eclabousse en passant son humble créancier.

Examinons enfin cette classe orgueilleuse
Qu'enflamme des honneurs la soif ambitieuse,
Et qui veut à tout prix régenter des Etats.

Tout va mal, dit gaîment le petit Dorilas ;
Dorilas qui, malgré son mérite assez mince,
Fut à vingt ans préfet d'une riche province ;
« Tout va mal et l'Etat périclite.... » En effet
Cela doit être ainsi : monsieur n'est plus préfet !

Arcas, qui pour garder ses biens et sa puissance,
Aurait sacrifié ses amis et la France,
Au nom, quoiqu'à l'insu de son département,
Offrit à Bonaparte hommes, chevaux, argent.
« De nos biens, lui dit-il, daignez disposer, sire,
» Nous sommes vos sujets et vous n'avez qu'à dire;

» D'ailleurs il est prouvé que la conscription,
» Loin de détruire accroît la population. »
Bientôt dans ses foyers, d'une guerre nouvelle
L'officieux Arcas apporte la nouvelle;
Les ordres sont donnés, les ordres sont suivis,
Tous les jeunes Français partent, hormis son fils.

Fidèle observateur des vertus domestiques,
Paul commet sans remords des forfaits politiques.
Voyez-le comme ami, c'est un homme charmant;
Il est plein de douceur et même d'enjouement.
Sa famille l'adore; il en fait les délices :
Nul ne réclame en vain ses utiles services;
Il soulage le pauvre; il ne ferait jamais
Le plus léger dommage au dernier des laquais;
Mais son prince et l'Etat il les trahit sans honte,
Et vendrait son pays pour un titre de comte !

Les aïeux de Fierval, sous Dagobert premier,
Avaient droit de garenne et droit de colombier.
O changement fatal! ô honte! ô sacrilége!
Fierval ne jouit plus du moindre privilége!
Non! les Français sont tous égaux devant le Roi!
Fierval se voit forcé d'obéir à la loi !
Avant de lui donner l'emploi qu'il sollicite,
On veut malgré son rang qu'il ait quelque mérite !
Les fiefs sont abolis; il n'a plus de vassaux;
Quoique riche, il lui faut acquitter les impôts !
Un rustre ose tuer du gibier sur ses terres
Sans qu'il puisse envoyer ce croquant aux galères :
Enfin, qui le croirait? monsieur le sacristain
Ne vient plus dans son banc lui présenter le pain !

Cela se conçoit-il ? se peut-il que l'on vive
Confondu dans la foule et sans prérogative ?
« O mes amis ! dit-il à ses chers villageois,
» Faisons revivre encor le bon tems d'autrefois.
» En vous parlant d'idée et grande et *libérale*,
» On sape les autels, on détruit la morale.
» De votre vieux seigneur suivez l'opinion,
» En France il ne faut point de constitution.
» — Mais, monseigneur, le Roi nous a donné la Charte,
» Et très-expressément défend qu'on s'en écarte.
» — On a trompé le Roi ; je sais sa volonté ;
» Cet acte n'est point fait pour être exécuté.
» Hélas ! vous le savez, une telle ordonnance
» A déjà fait sans doute assez de maux en France ;
» Mais on pourrait encor les réparer dans peu ;
» Nommez-moi député, puis vous verrez beau jeu ! »

C'est ainsi que plusieurs cachent leur égoïsme
Sous le manteau sacré d'un ardent royalisme.
Ecoutez Daigreville : il dit à tout moment
Qu'il est plein pour son Roi d'un noble dévoûment.
Il fait bien d'en parler ! connaissant son histoire,
Même quand il le dit, on a peine à le croire :
On sait qu'à la police et sous l'usurpateur
Il fut ce qu'on nommait alors : *observateur !*
Cependant si quelqu'un s'avise de lui dire :
« Mais, Monsieur, l'an dernier, vous nous prêchiez l'empire.
» Sous le Corse avec zèle on vous voyait servir. »
Daigreville répond : c'était pour le trahir.

L'intérêt éloigna d'Ervin de sa patrie ;
L'intérêt l'y ramène, et voilà qu'il s'écrie :

J'ai sauvé les Bourbons ! Bénissez , ô mon Roi !
Les sujets qui vous sont dévoués comme moi.
D'autres , d'un tel service exigeant le salaire ,
Brigueraient la pairie ou quelque ministère;
Mais pour moi , qui n'agis que par pur dévoûment ,
Je me contenterai d'un bon gouvernement.

— Mais quelle opinion professe , je vous prie ,
Floricourt , dont l'esprit selon les tems varie ?
Est-il bonapartiste ? Est-il républicain ?
Ou bien est-il ?... — Il est ce qu'il plaît au destin.
Sous Marat il criait : vive la république !
Et sous Napoléon : vive un roi despotique !
Pour monarque aujourd'hui nous avons un Bourbon :
Floricourt dit : aimons les lois et la raison.

L'HOMME DU MONDE.

J'admets qu'il est encor des travers à décrire ,
Que vous pourrez les peindre , et que de la satire
Vous saurez adoucir le style aigre et mordant.
Votre projet , mon cher , est toujours imprudent.
Croyez-moi : réprimez cette ardeur généreuse;
La plus douce critique est encor dangereuse.
Et les hommes d'ailleurs valent-ils le souci
Que prend votre Apollon de les railler ainsi ?
A quoi bon voulez-vous , transporté d'un beau zèle ,
De qui ne vous est rien épouser la querelle ?
Mon Dieu ! laissez en paix les méchans , les ingrats ,
Et tâchez seulement qu'ils ne vous nuisent pas.
En voulant discuter les intérêts des autres ,
N'allez pas sans raison compromettre les vôtres.

Imitez-moi ; pensez comme on pense aujourd'hui ;
Est bien sot qui se nuit pour obliger autrui !...
Mais pourquoi ce papier ? Qu'est-ce là que vous faites ?

L'AUTEUR.

J'écris ce dernier trait, Monsieur, sur mes tablettes.

FIN.

NOTES.

(1) « Phébus aux crins dorés et son sacré troupeau
» Durant les plus grands froids n'avaient pas un manteau. »

Allusion à ces deux vers de Regnier :

« Et que, la grâce à Dieu, Phébus et son troupeau,
» Nous n'eûmes sur le dos jamais un bon manteau. »

(2) Voici un extrait des jugemens de M. Schlegel sur nos auteurs comiques :

« . . . . *Le Tartufe* est une excellente satire sérieuse ; mais, à
» quelques scènes près, ce n'est point une comédie..... C'est dans
» le comique burlesque que Molière a le mieux réussi ; et son
» *talent*, de même que son inclination, était pour la farce.... L'in-
» trigue de Jodelet est excellente ... *Le Roi de Cocagne* est une
» folie aimable et pleine de sens où étincelle cet esprit fantastique
» si rare en France et où règne une plaisanterie vive et douce....,
» L'auteur (ajoute M. Schlegel, toujours en parlant du *Roi de Co-*
cagne) l'auteur ne connaissait pas le théâtre des Grecs ; il a donc
» entièrement dû à son propre *génie* (je ne crains pas de me servir
» de ce terme) l'idée d'un genre absolument neuf. »

Je m'abstiens de multiplier de pareilles citations. Celles-ci suffi-
ront sans doute pour justifier la plaisanterie que je me permets sur
M. Schlegel, et pour prouver que ce n'est point une aggression de
ma part. Loin de professer, d'ailleurs, pour les écrivains allemands
le mépris injurieux avec lequel M. Schlegel traite nos plus grands
auteurs dramatiques, je me plais à rendre hommage aux hommes
de génie de sa nation. Je dirai plus : j'honore le talent de M. Schlegel
lui-même. Je n'attaque ici que ses opinions ; je ne fais que prendre
parti dans la querelle des *classiques* et des *romantiques*.

(3) « Pour voir défigurer Molière à l'Odéon,
» Et bâiller amplement à la métamorphose
» Ou de sa prose en vers, ou de ses vers en prose. »

On remarquera sans doute que ce trait n'est point dirigé contre
le théâtre de l'Odéon. Je blâme seulement la témérité qu'ont eue
quelques auteurs de mettre en vers la prose de Molière.

www.ingramcontent.com/pod-product-compliance
Lightning Source LLC
Chambersburg PA
CBHW061418170626
46811CB00005B/2025